穿越时空奇遇记

③ 看不见的朋友

U0107860

出版：上海科学技术文献出版社　　　策划：上海城市动漫出版传媒有限公司

图书在版编目（ＣＩＰ）数据

看不见的朋友 / 张天天文字 . —上海：上海科学技术
文献出版社，2011.2
ISBN 978－7－5439－4666－8

Ⅰ.①看... Ⅱ.①张... Ⅲ.①自然科学－少年读物②
科学实验－少年读物 Ⅳ.①N49②N33－49

中国版本图书馆 CIP 数据核字（2010）第 259525 号

上海三毛形象发展有限公司授权

策　　划：上海城市动漫出版传媒有限公司
制　　作：城市动漫　素维动漫
特约策划：侯冬文
特约编辑：汤　华
责任编辑：张　树

三毛穿越时空奇遇记
③看不见的朋友
文字　张天天　制作　城市动漫/素维动漫
＊
上海科学技术文献出版社出版发行
（上海市长乐路 746 号　邮政编码 200040）
全国新华书店经销
昆山市亭林印刷有限责任公司印刷
＊
开本 889×1194　1/32　印张 3.625
2011 年 2 月第 1 版　2011 年 2 月第 1 次印刷
印数：1－8 000
ISBN 978－7－5439－4666－8
定价：14.80 元
http://www.sstlp.com

目录
contents

三毛

旧时代上海滩流浪儿，靠捡破烂为生。因为一次神奇的"穿越"，被投影机器人"假面先知"带到21世纪，结识了胡涂、胡闹兄妹，又意外加入星际科普学院的"科技小组"，成为"星际少年特工"。

胡涂

星际科普学院学生，科学家胡宇宙之子。自幼梦想成为漫画家，却被父亲强行安排进入科普学院。在遇到三毛之前，对科学毫无兴趣。与三毛共同经受了一次次考验后，逐渐下定决心，努力要成为一名"星际少年特工"。

胡闹

星际科普学院学生，胡涂的妹妹。拥有惊人的智商和超常的发明天才，因为胡闹成性，总是为组员们制造各种麻烦，但在危急时刻，她那些稀奇古怪的发明和层出不穷的鬼主意又总能令大家化险为夷。

胡麻

原本是一只用做实验的小黑猫，被植入人工合成的大脑后，拥有了超出人类的智商和思维能力。在它眼里，科技小组的天才少年都不足挂齿，所以每次听他们说自己是"猫"，都会恼羞成怒。

外星小朋友

来自遥远的外太空，因为能够隐形，所以看不到他们的存在，自己的星球被破坏，无家可归的两个孩子流落到地球，到处闯祸、捣乱、制造麻烦，一度伪装成黑衣人，蒙骗了科技小组组员。

思米达

科技小组组员，来自韩国，虽然不能说话，却能用电子衣完成与组员们的交流，小组里只有他最清楚组员们的行踪，又总是能在危机时刻掩护大家，帮助伙伴们顺利脱险。

这是怎么了

这次的行动真是令我失望！

又来了！假面先知都说我们超额完成了任务，组长也没说什么，只有你，一路上唠叨个没完！

什么？博士的密使？在哪？

哦，原来是一只猫在说话！

咦？真是奇怪了，博士的密使怎么会是一只猫呢？

我现在是以博士特派密使的身份跟你们讲话，我的每一句话都是代表博士在说！

我最恨别人说我是猫!

我再说一万遍,你还是一只猫!

毒舌妇!
毒舌妇!

哈哈,红毛鬼,你又多了一个绰号!

安迪……

各位组员!

组长!

嗵

7

非常满意!

博士万岁!

不过……

居然会满意!

博士这是怎么了?

因为你们是第一次完成任务,博士对你们的要求并不高,

所以才那么容易就令他感到满意!

我就说嘛!

那我们就不能成为星际少年特工了!

但这一次的任务是非常惊险的,如果你们不能出色地完成,就得不到下一枚徽章!

组长，请你下达任务吧！

虽然任务的难度在不断增加，不过，没什么能难倒我们，这枚徽章我们一定会拿到！

我是说，

我们应该对自己有信心……

想要成为星际少年特工，就要对自己有百分之百的自信，勇往直前，百折不挠，只有这样，你们才有可能获得最后的成功！

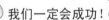

我们一定会成功！

11

14

我们还没有降落伞，掉下去只有死路一条！

吵死了！

哎哟！

胡涂，你干嘛打我？

我没有啊！

飞机怎么停下来了？

不知道……

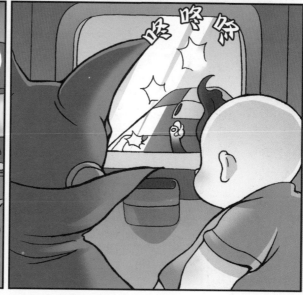

19

胡麻!

快放我进去!

胡麻!顺着刀身走过来!

啪

真是活见鬼了,还以为刚才活不成了……

救命啊——

胡麻!

我最讨厌别人说我是猫了，你这个可恶的红毛鬼，到底有完没完啊？

你真不想让我说了？

不想！

不想！

不想！

哈哈哈……

咦？

又是那个鬼影！

你也感觉到了？

不光感觉到了，我还知道怎么清清楚楚地看到它！

喂，你成心想害死我啊！

思米达，跟我来！

我帅气的胡须哟，都打起卷了！

那是……

满天烟花乱飞

27

看不懂了吧？等我破译了这些数据，飞机就完全在我的掌握之中了！

鬼影不是能破坏仪器，扰乱雷达的信号吗？

凭我这颗比电脑的运算速度还快的大脑，

安迪，你太厉害了！

它再有本事，也奈何不了我！

哈哈哈……

龟田，咱俩也别闲着！

那是当然！

龟田！

最后一排座椅旁边！

好臭！

咔

好啊，来得越多越好。

快看外面！

我倒要看看，是我的刀快，还是它们跑得快！

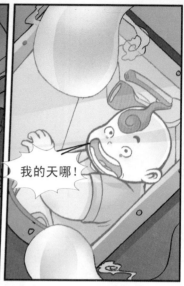

32

33

这帮反应迟钝的家伙。

现在才明白过来!

X星球的两个外星小朋友突然造访地球，此行的目的不明。被胡闹发现后，关在家中多日，现已设法逃脱。为了确保他们在地球上的安全，请组员们务必要找到，并护送他们前往美国，我会在这里安排他们的返航事宜。

不过是两个小朋友嘛，需要这么大动干戈？真是的!

37

你们还要谢我呢，要不是假面先知及时赶到，还不知道会发生什么状况呢！

你怎么什么都知道？

我可以在家里远程监控啊，别忘了，

假面先知压根就是投影机器人，他自然也可以把正在发生的影像传送回来！

这么说，那两个小朋友，

真像鬼影一样，是看不见的？但又非常的可怕！

哎，先别急着下结论。

你们还没有充分领教他们呢。

还是赶紧跟我回家看看吧！

38

坏事的无知

只要他们还待在这儿，

就不可能一点儿马脚也不露出来！

可没准儿，他们已经逃到别的地方去了！

就算逃到了天涯海角，我也一定要把他们找出来！

难道他们还觉得不过瘾吗？

可我总觉得，

说不定他们一直都在跟踪我们！

无知，你真的一点儿感应也没有？

黑衣人？他们怎么会在这儿？

不对啊，现在他们应该还在非洲啊？

人呢？

怎么不见了？

难道是看花眼了？

还是没有……

对了！

厨房！

44

还好没追上来，我算是逃过了一劫！

这个无知，比汉堡还贪吃！

现在倒好，我还得想办法救它！

安迪，你们现在在哪儿？

胡麻？

那两个小坏蛋喜欢热闹，说不定会躲到公园去大闹一场。

还是我们安迪有头脑，其他人就想不到！

哈哈，还是胡麻了解我！

我不光了解你，我还最信任你！知道不管是谁遇到了难处，你都会第一时间出手相助。

想不到我胡麻也会说出这么恶心的肉麻话！

那是当然，

你有什么需要我帮忙的，尽管说——

那我可就说了！

尽管说吧！

是这样的，无知溜进一家匹萨店，偷吃东西，被抓起来了！

无知被抓起来了？

这个胡闹，越来越不像话了！

是啊，估计胡闹这两天在家也没好好管它，真是饿坏了！

那你就快来吧，无知好像吃了人家不少东西，所以你要记得带钱哦！

等我回去了再跟胡闹算账！

嘿嘿，只要说几句好听的，让他做什么都可以，真好哄！

哎哟！

怎……怎么是你们？

放开我！

放开我！

你们要干嘛？

这个胡麻，话没说完就把信号挂断了！

自大狂！

红毛鬼……

鬼啊！

哈哈，被我吓到了吧！

红毛鬼，你怎么老跟我过不去？

自大狂，我就是看你不顺眼！

你们两个怎么说走就走？

我招惹你？你以为你是谁？

都怪Echo，没事总喜欢招惹我。

够了！

我没工夫听你们吵，公园没搜寻完，你们就跑出来了，这是要去哪儿？

胡麻说，无知从家里跑出来，溜进一家匹萨店偷东西吃，被那里的人抓起来了！

无知会自个儿跑出来？这个胡麻，又在自作聪明，玩弄鬼花招！

跟某些人一样！

你再说一句！

安迪，你现在就去把无知带过来！

不带回家去，干嘛要带到这儿来？

49

你以为胡麻会无缘无故带无知出来？

对啊，说不定是因为无知的心电感应能感应到那两个小坏蛋！

好，我这就去把它带……

我的光波仪！你要干嘛？

你还是留在这儿吧，匹萨店我去！

凭什么？

就凭这个！

我的钱包！

你这个红毛鬼！

小偷！

强盗！

哎

随你怎么说好了，哈哈！

放手！

啪

嗒

那是……

黑衣人！

找东西！

什么东西？

三毛，你在干嘛啊？

我也说不明白，就是……

一种纸片，可以贴到什么人的身上，那个人就动不了了！

对了！你还记得吗？

有一次胡麻跟胡闹顶嘴，把胡闹气急了，就把那个纸片贴在胡麻的心口上，胡麻一天一夜都没动一下！

55

黑衣人哪去了

那两个小坏蛋最喜欢去人多又热闹的地方捣蛋，你们看着吧，要不了多久我就能让他们束手就擒。

呼～

呼～

三毛他们怎么还待在家里？他们不想快点儿找到那两个外星小朋友吗？

肯定是胡闹，又给他们惹了什么麻烦，想走也走不了了！

嘀 嘀 嘀

咦？Echo怎么丢下龟田和安迪自己跑了？

60

61

龟田，你看！那不是黑衣人吗？

该死的，你居然张口求他！

我就算淹死了，我也……

求求你，救救我们啊！

也……也……

咕噜

头儿！

头儿！

哗～啦～

65

是星际少年特工!

哇!好厉害!

他们这是在执行任务,等他们通过了所有的考验,一定能成为正式的星际少年特工!

我也要成为星际少年特工!

星际少年特工?他们的胸前并没有星际少年特工的徽章啊!

这个龟田,又在抢我的风头!不行,我也得下去!

看那边!又来一个!

好棒呐!

好厉害!

看我的！

这个红毛鬼，总是坏我的好事！

你先躲到一边儿去！

凭什么让我躲开？我也是星际少年特工！

这里危险，你又没有电子仪，对付不了他们的！

我们不危险，我们一点儿也不危险！

只求求你行行好，赶快救救我吧！

快说，你们现在不是应该还留在非洲吗？怎么会跑到这儿来了？

是……是假面先知带我们回来的！

这下全都乱了！外星小坏蛋还没找到！

黑衣人又冒出来了，我们到底该对付谁啊？

三毛怎么还不来啊？一定又是胡涂拖住他了！

Echo，你再不来，我就要被他们丢进烤箱了！

那不是很好吗？

烤箱里有很多匹萨呢，你可以一次吃个够啊！

一点儿也不好！

我知道错了，我再也不偷吃了！Echo，快来救救我啊！

只要你能在五分钟内感应到那两个捣蛋鬼，我不光会把你救出来，还会请你吃一个月的匹萨！

真的吗？你要说话算数！

当然算数！你以为我是胡麻啊？只会耍些小花招，到最后还要别人来给它收拾烂摊子！

好了，不跟你说了，你先感应吧，五分钟以后答复我！

71

不信你们看，电子仪都没有反应！

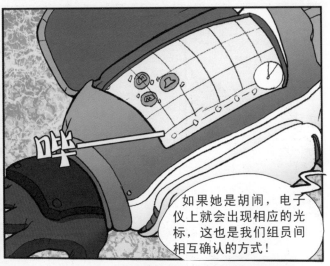

啪

如果她是胡闹，电子仪上就会出现相应的光标，这也是我们组员间相互确认的方式！

那她是……

她只是胡闹留下的一个替身，就像一个人体复印件！

那真的胡闹去哪儿了？她又为什么要留下这么一个……一个复印件？

你看看这个就明白了！

黑衣人？

他们这是在干嘛？

思米达，怎么是你！？

啊，我明白了，你用电子衣把我们保护起来了！

这样黑衣人就看不到你们，更不会对你们下手了！

思米达，真有你的！

······

78

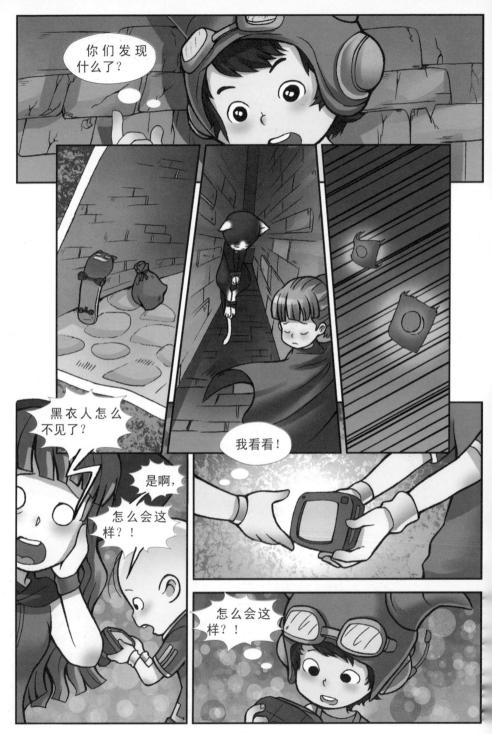

不见3的锁魂贴

你……你要把我们弄到哪儿去？

既然是假面先知把你们带回来的，那你们也算是我们的朋友了，

我们当然要好好招待一下了！

送他们回家！

不要啊，求求你放了我们吧！

嗖

咔啦

赶紧救胡闹去！

有情况！

有情况！

是Echo发来的彩蛋信息！

看来红毛鬼也遇到难题了，叫她逞能！

不是红毛鬼，是胡闹，胡闹有情况！

安迪，快！

跟它走！

呼

黑衣人！怎么可能！

砰！

我们是不是见鬼了？天哪，你看，他在冲我们笑！

他们怎么可能挣脱我的绳索？太奇怪了！

抓住他问问不就知道了！

不对，怎么只有一个人？另一个哪儿去了？等一下！

84

胡闹！

你们也太过分了！

玩？你玩什么不好！干嘛要玩命？

谁玩命了？最多不过是玩玩火罢了！

火是那么好玩的吗？

三根毛，你吼什么！你跟我老哥一样笨，你也不想想，

那两个小朋友是我抓来的，我还制服不了他们，会让他们把我像堆柴火似的，烧着了？

现在你们知道我是怎么抓住这两个小朋友的了吧？哈哈！

92

好了，别生气了！

你还笑得出来？

你们这样不顾一切地救我，我真挺感动的！

可我也是在替老爸考验你们，看你们是不是真能完成他的任务！

现在，两个小朋友都在我们手上了！任务顺利完成，我们可以去跟组长要徽章了！

胡麻你冷静一下。

胡闹，你居然跟他们联起手来，蔑视我的智商，我一定要让你们照单全赔！

三毛，你别生气，你那些破烂丢掉了是挺可惜的，以后我再陪你去捡！

嗯嗯，我们都陪你去！

谁在乎那些破烂？你们为什么不想想，他们为什么要这样做？

要不是他们的星球被破坏得不成样子，让他们无家可归了，他们会跑到地球上来报复我们吗？

的确不是我们，可你们能保证当我们的科技足够发达，当能源耗尽的时候，不会像他们一样，去侵略别的星球吗？

又不是我们破坏的。

……

博士这样考验我们又为了什么？是要我们先抓到这两个外星小朋友，然后再惩罚他们的过错吗？不是的！

博士一定是想让我们好好反思一下自己！等我们成为星际少年特工，

除了保护地球之外，也是要到外星球去执行任务的。

到时候我们该怎么做？

当然不能这样！

可我们又该怎么做呢？你们想好了吗？

三毛说得对，如果有一天我们的地球也被外星人破坏了，我们也无家可归了，又该怎么办？

难道也去破坏别的星球，让更多的外星人无家可归？

……

97

98

组长，
你……

那当然了！

你想看嘛？

啪

天哪！

完整的徽章！

100

组长哪儿去了？

你们都看到了，组长不见了，徽章也被她带走了，现在就连这个博士的特派密使都派不上用场了。

怎么会这样！

该不会又是一个外星小坏蛋吧？

红毛鬼，你居然说这种话！

要不是你急着拿到徽章，组长没准儿就不会走了！

组长刚一走我们就乱套了，这像话吗？

组长消失了，那我们现在该怎么办？

......

我们去美国！不管能不能找到组长我们都要去那儿！

为什么？

那徽章怎么办？

现在管不了这么多了，我们要先把两个外星小朋友送回去！

先找到组长，再送他们也不迟啊！

可这是任务！既然是任务，我们就必须完成！

这小子什么时候有了这么大的影响力？几句话就能把场面控制住。

孩子们，想好了吗？

三毛你太了不起了，说得真好！

102

交给你了！

如果送不回去的话，老爸可是要找你算账的！

这就是那两个外星小朋友？

这么小啊，跟胡麻差不多嘛！

就是这两个小鬼，给我们惹了那么多麻烦？

走啦！去美国！

孩子们，坐好！

我们要出发了！

呼

科普小知识

高等智慧生物诞生的过程

在宇宙深处真的存在和我们人类一样的高等智慧生物吗？

今天三毛要来告诉小朋友们，生命不可能出现在像太阳那样自身发光、发热的恒星上，但生命的存在又片刻不能离开恒星的光和热。因此，生命只能出现在恒星周围并围绕恒星运转的行星上，这是诞生生命以及高等智慧生物的基本条件。

但生命从最简单的形态进化到高等生物，又需要非常漫长的时间。

地球上大约在35亿年前出现了单细胞生物，10亿年前因进化而生成比较高级、复杂的多细胞生物。4亿年前，各类植物和动物才相继出现。

哇，这看起来是不是既漫长又神奇？

由此可见，高等智慧生物的进化过程大约需要40-50亿年的时间，而诞生拥有智慧的高等生物，只是在最后非常短的时间内发生的。

搞清楚了上面的问题，我们来说说条件。

在这漫长的时间里，行星和它的母恒星，也就是我们太阳系里的地球和太阳的关系必须保持稳定。

我可比大恐龙要聪明多啦！

高等智慧生物诞生的条件

我从哪里来的？又是怎么来的呢？

恒星的质量越大，寿命就越短。大质量恒星的周围即使有合适的地星并诞生出生命形态，也没有足够的时间进化成为高级智慧生命。因此，高等生物只能在像太阳那样的恒星周围的行星上出现。

太阳能够像现在这样，稳定地发光发热的寿命为100亿年。

107

但有行星也不等于有生物，更不等于有高等生物。这是指行星到母恒星的距离必须恰到好处，或者说必须位于所谓的生态圈内——既不能离恒星太近，又不能太远。生态圈的范围是很窄的，而且随恒星的不同而不同。

但对太阳系来说，如果我们到太阳的距离比现在的位置再靠近5%，地球上就不可能存在生命；而只要离太阳再远1%，地球也会彻底冻结。

这是一个非常苛刻的条件，也许，这正是迄今没有在火星或太阳系其他地方发现有生命的原因。

高等智慧生物在哪里

满足以上各种条件的行星还不一定有生命诞生。须知，要有生命出现，行星上必须存在合成生命所必要的各种化学元素，三毛再打个比方，由纯铁构成的行星就不可能有生命诞生。

有一种观点认为，地球上的生命是自然进化的结果，如果其他行星上也有生命存在，那么它们的基本样式应该与地球上的生命没有本质上的差别。

另一种观点则与之相反：其他行星上可以诞生并进化成与地球上生命完全不同的生命形态，比如不需要喝水，或者呼吸另一类气体等。

三毛曾做过估算，如果乐观地假设每颗合适的恒星周围至少有一颗行星，它位于母恒星的生态圈内，并在理论上能够形成生命，那么，在银河系中这样的行星可能有100万颗。但是，要能进化成人类那样的高级智慧生命，这个数目就要少得多了，也许只有几百颗，甚至更少。

神秘的UFO

一提起UFO、飞碟、幽浮，小朋友们立刻就会想到科幻故事或者影片里的外星人吧？

事实上，超过95%的不明飞行物已经找到成因，如流星尾迹、金星、彗星、形状奇特的云块、球形闪电等大气现象，以及大群的昆虫、人造卫星、运载火箭，等等。

最近又有UFO的新闻出现啦！

特别是金星，亨得利总结说：即使是训练有素的观察者，也会受到这颗异常明亮行星的愚弄。

如果在金星位置附近有一些缓慢移动的薄云，而附近又没有其他参照物，不认识金星的人往往会误认为金星在移动。正因为这样，金星已多次被人看成UFO了。

看！是UFO！

不是UFO，是金星！

在今天，人类正以科学的态度努力探索外星生命，设法让外星智慧生物知道地球、知道人类，因为我们真的不希望自己在无边的宇宙里只是孤独而仅有的存在。

虽然面对科学的问题，我们必须抱有严肃认真的态度，但也不能因此就完全扼杀自由的想象力和强烈的好奇心。

唉，我这是被外星小朋友邀请来参观他们的家了吗？嘻嘻……

了解了这么多宇宙中未知的高等智慧生物的相关知识，相信小朋友们对UFO和外星人一定更感兴趣，同时也有了自己的判断和认知，那么就让我们进入下一个环节，自己动手来制造一架望远镜吧！

小制作

制作材料：

A:两块凸透镜　　B:一个透镜支架
C:一张白纸　　　D:一卷黄板纸（马粪纸）、
　　　　　　　　　一卷牛皮纸
E：一瓶胶水、一把尺子、一个圆筒
F:一瓶墨水、一把小刀

A:　B:　C:
D:　E:　F:

1.选择物镜和目镜。把物镜对着太阳，在镜片另一侧放一张白纸板，前后移动白纸板，使太阳在白纸板上成像清晰。用尺子量出镜片到白纸板的距离，这个距离为焦距。在透镜支架上固定好两个焦距不同的凸透镜。焦距较大的透镜做物镜，小的做目镜，并使两镜相隔一定距离，并从目镜中观察成像情况，然后改换物镜的焦距，直到看见适合的放大图像。

2.设计镜筒。为了便于调节焦距，镜筒可以用黄纸板做成两节，一节是物镜镜筒，一节是目镜镜筒。物镜镜筒的直径约等于物镜的直径，物镜的镜筒长度约等于物镜的焦距。目镜镜筒的直径等于目镜的直径，目镜镜筒的长度比目镜焦距长50-80毫米。目镜镜筒的外直径等于物镜镜筒的内径。

3.物镜镜筒的制作。用长度稍长于物镜焦距、直径约等于物镜直径的圆管做芯柱。物镜镜筒用黄板纸纸条卷绕两三层制作。把黄板纸切成70-80毫米宽的纸条，将作为最里层的黄板纸纸条一面涂上墨，等墨干后再将墨面朝里。要求纸条一圈紧挨一圈，不能有间隙和重叠。在镜筒的两端和纸条的接头处，要用涂有浆糊或者胶水的牛皮纸固定好。第一圈卷好后，在外面涂上胶水，然后按与第一层相反方向卷绕第二层，依此类推卷绕三层即可。镜筒最外面糊上一层牛皮纸，将芯柱抽出即可。

4.镜片安装。在目镜镜筒的末端，加一段卷纸，以免目镜镜筒滑入物镜镜筒，安装镜片要使物镜和目镜的光轴和镜筒的中心线重合。调整好之后，把物镜和目镜都固定下。这样一架简易的望远镜就做好了。

在这里，三毛还想告诉小朋友们，希望你们在丰富宇宙知识的同时，也能花更多一些时间去思考，如何对待宇宙中未知的高等智慧生物的问题。